내일은 어떻게 생겼을까

실천문학 시인선 052

내일은 어떻게 생겼을까

지연 시집

실천문학사

제1부

제2부

제3부

제4부

제1부

꼭짓점의 기억

하늘도 땅도 꼭짓점이 많아 비가 내려요 잡아당겨야 할 모서리가 많다는 거죠 꼭짓점과 꼭짓점을 잡아당기면 보조 개가 생겨요 어머머 아니에요 손사래를 치면서 보조개가 피어나는 거 봐요 한 땀 꽃봉오리 바늘방석 같은 무덤이 살아나요 예전엔 하늘과 땅이 가까워서 죽은 사람과 산 사람이 줄을 타고 서로를 방문했을 것 같아요 창구멍에 공복을 단단하게 밀어 넣고 솜에 콕 박혀 우는 영혼이 있을 것 같아요 가슴을 돌돌 감은 박쥐매듭 하나 풀어놓고 싶은, 이쪽과 저쪽을 이어 놓은 실 툭, 끊어버리고 싶은 저편의 적막이 있을 것 같아요 하늘을 바라본 평수와 지상을 걸어본 평수가 달라요 비가 다리를 감침질 하네요 옷깃을 여며요 꽃봉오리 바늘방석 위를 사람들이 걸어요 꼭짓점은 꽃잎을 펼치는 기억일지도 몰라요

운곡 람사르 습지로 가는 길

까마귀베개를 입안에 넣은 것도 아닌데 나는 죽은 희망을
모신 집을 지을 거야

고인돌 숲을 지나면서 쐐기돌이 바위를 깨트리기를 기다
릴 거야

누군가 양식을 위해 콩을 심다가 지붕을 걷어내고 세워놓
은 기둥을 빼더라도 더는 기둥이라 노래하지 않을 거야

돌이 돌을 받들며 털어낼 때
나는 나대로 너를 너대로

희망을 증명하며 살지 않을 거야 오랫동안 나는 뜨겁게
허기졌지 신의 발에 달린 날개가 나를 지나간다고 해도 이
제 잡지 않을 거야

태어났으니 오늘의 기둥과 지붕을 살 거야

달개비꽃이 무당벌레를 출렁이듯 직박구리가 허공을 찢
으며 날아가듯 상처가 버드나무 피리를 불듯

습기는 습기로 포근할 거야 보슬보슬한 감자 껍질을 벗기
면서 저녁 숲을 지날 거야 한걸음 뒤에 그대로 버려지는 것
이 아름다울 거야

한집에 산다

바닥에 닿는 비가
주먹을 쫙 펴는 동안

바위 위에 올린 작은 탑이
고요하게 그러나 아슬하게

설핏 고개를 들었을 때
썩은 나무에 핀 버섯들

돌탑 옆에 혓바닥처럼
죽은 나무 안에 방언을 쌓고 있다

죽은 자는 습기를 쌓아 말랑하고
산 자는 깨진 무릎을 쌓아 납작하고

서로의 흔들림을 덜어내기 위해
흔들림을 내려놓는 고백들

밥상에 마주 앉은 식구처럼
비는 젓가락질 태연하고

이미 마음이 아닌 돌이 된 것들
이미 돌이었던 말랑한 것들

기미幾微

볕이 좋아 마루에 자주 앉아 있었을 뿐이지
봄볕이 발치에 모래를 뿌려 주었어

나는 모래 표정이 되어서 아무것도 하지 않기로 했어

웅덩이 같은 검버섯이나 파도가 흘리고 간 주름이나
크고 작은 모래알 속

볕이 나에게 흘러와 오래 앉아 있는 거
그사이 내가 점점 작아지는 거

누구에게 나눠줄 것도 없이
볕은 쪼일수록 모래가 깊다

수영을 못하는 나는 아들을 등에 업고
바닷속을 잘박잘박 기어 다녔지

바닥을 잘못짚으면 둘이 죽는 줄 알아

말 못 하는 다섯 살 아들은

내 목을 조이며 끌어안았어

괜찮아 바닥이 있어

자꾸 오그라드는 다리를 뒤로 뻗을 때

바닥에 깐 무의 물을 고등어가 빨아대는 것처럼

풀어진 살이 피를 뱉는 시간이 필요한 것처럼

손과 발을 늘어뜨리고 있어야 할 때가 있어

모래알로 남았다가

모래알이 되었다가

기별 없이 꺼져야 할 때가 있어

대수롭지 않게

바다는 모레 가기로 했어

블랭킷*

워터코인**에게 물을 주는 것도 잊지 않아야 하고 냉동고에서 무엇을 버릴지 뒤적여 보고

점검하지 않으면 잊어버리는 건조기에 당도했으나 뽀송뽀송하지 않은 가벼움으로 나는 이십오 그램으로 지구 한 바퀴를 돈다는 북방사막딱새*** 이름을 부르다가

나를 덜어내어 가고 싶은 곳이 어디인가

눈을 깜박이면서 백화 라일락이 떨어지는 속도를 가늠하다가 왼손 검지를 들어 올린다 코를 둥글게 말아 올리는 코바늘에게 나를 맡긴다

코바늘은 코끼리 코 같고 나는 코끼리를 타고 가는 소녀

---

*   블랭킷: 뜨개질로 만든 무릎 담요
**   워터코인(Hydrocotyle umbellata)
***   북방사막딱새(Oenanthe oenanthe)

같고 코끼리를 따라가면 시베리아에서 아프리카 케냐까지 걸어갈 수 있을 것 같고 어쩌면 북방사막딱새를 만날 수도 있을 것 같아서

　나는 건초 같은 실을 코끼리에게 풀어주면서 먼지를 날린다 코끼리는 하늘 강화유리 뚜껑을 치며 튀어 오르는 별들을 나에게 만들어 바닥에 사각사각 던져주면서 걸어간다 짧은뜨기인지 긴뜨기인지 알 수 없는 하루

　잊어야 하는 것도 잊어버리면 안 되는 것도 없이 길이 이어진다 흔들리는 실을 잡아당기며 코끼리 한 마리가 걸어간다 매듭을 살 속에 감춘 별 무리가 무릎을 덮고 있다

클랙슨

커피숍 그날에서 당신을 기다립니다
발아래 하얀 돌들이 깔려 있습니다

아크릴 속에 납골당처럼 돌이 진열되어 있어요
돌의 천장 위에 내가 돌로 앉아있습니다
어쩌면 나는 곧 떠날 돌의 꿈이겠습니다

서벅돌을 골라서 곱게 빻았지요 화약 냄새가 났지요 돌
가루를 볼에 문질러 바르면서 나는 어린 웃음을 터트렸어요
버들강아지 꽃술처럼 나에게서 단내가 났지요

내가 이 세상에서 사라질 때 그날이면 좋겠어요
당신은 어떤 돌에 앉아 나를 바라볼까요

묘비석에서 떨어져 나와
잠시 얼굴을 깨트린

사람들이 마스크를 하고 지나갑니다
나는 원두커피를 식은 손으로 감쌉니다

봄날 쏟아져 나온 미세 먼지는 어느 유족을 찾고 있는 걸
까요
나는 어떤 돌의 시간을 얼굴에 바르고 그날에 있는 걸까요

내가 떠나도 여기는 아무렇지도 않겠습니다
당신이 오지 않아도
발소리로 잠시 클랙슨을 울리겠습니다

연화문 수막새 옆에 앉은 동고비처럼

당신 눈을 보았어요 연화문 수막새 눈으로 당신은 이 세
상을 통과하고 있었지요 곡기 끊은 지 오래인 당신의 눈은
깊이를 알 수 없는 음각으로 테두리를 둘렀어요 침상에 누
워 살갗을 문지르며 당신 이름을 불렀어요 탈색된 이름이
대수롭지 않게 나를 끌어안았어요 죽어가는 자의 눈을 보면
혼이 빨려 들어간다는데 당초무늬에 연꽃 한 잎 떨어집니다
꽃잎의 살결이 살려달라는 듯 잡아당깁니다 저쪽으로 넘어
가 실컷 울고 싶은 당신은 보이지 않는 물길을 건너는 것 같
아요 이승의 물기를 거두며 저승으로 가는 지붕 난간을 걷
는 것 같아요 당신이 숨을 크게 들어 올립니다 나는 더디게
눈을 깜박입니다 이별하며 결별을 연습하는 연화문 수막새
옆에 앉은 동고비처럼

잣씨물림 베갯모로 둘러앉아 있었는지

칠성무당벌레가 차창 안에 붙어서 걸어간다

오늘이 며칠이더라 예측 없이 손을 내밀어 별자리를 더듬었는지 사람도 나무도 구름도 잣씨물림 베갯모로 둘러앉아 있었는지 날개를 펴본 이력으로 속도를 버렸는지 잣씨 하나에 목덜미를 접었는지 눈물을 문지른 자국으로 별은 뜨는지 달은 다리미로 별의 꼭짓점을 누르는지 만다라로 비늘이 떨어지는지 물고기 배를 열었는지 우물을 팠는지 무덤을 열고 오늘을 반복하는지 반복이 반복을 낳아 한 시절을 돌았는지 세상에 착지하려는 발들 비스듬히 겹치며 노란 물똥을 흘리는지

차는 미끄러지고 삶은 위태로운지

진눈깨비

일렁이는 얼굴 주름에는 발 시린 새가 삽니다
눈은 떼로 날아와 붙고 떼로 눈은 날아갑니다

나는 콜센터에서 고객님을 부릅니다 안녕하세요 고객님
수천 번 부르는 상큼한 내 눈을 믿을 수 없어 오늘은 당신과
맛있는 걸 먹기로 합니다

수박에 씨가 콕 박히기까지 시간은 얼마나 필요할까요
내 눈에 당신이 박혀서 나는 여기 있는 걸까요
하루를 환전하던 눈들이 불러도 돌아보지 않기로 합니다

우리는 서로를 방문한 지 오래되었습니다
나는 나를 방문한 지 더 오래되었습니다

당신은 당신이라는 접시를
나는 당신이라는 접시를
이 한 접시를

접시를 보면 나는 왜 물수제비를 하고 싶을까요
당신 이름으로 일곱 번 빌딩 위를 뛰고 싶을까요
접시 위에 스테이크도 통통통 피 흘리며

발소리도 없이 침몰하는데
옆 테이블 사람들이 건배를 외칩니다
들키기 쉽게 부서지며
나는 속으로 건배를 외칩니다

이름을 잊은 고객님이 되어
우리는 공복을 극진하게 칼질합니다
눈이 녹아도 눈이 온지도 모르는 밤입니다

아침 춤과 저녁 춤은 약이 되니라

요양 병원 할머니들이 머리를 밀었어요

신체를 한 부위만 남겨놓는다면 거리엔 무엇이 활보할까요

입이 귀가 손이 발이 홀로 걸어 다니면서 부위별로 다시
탄생하는

의도적으로 빌려오는 심장, 내가 밀어버린 것과 남아 있는
당신의 것

서랍에서 화장지로 감싼 금니를 꺼냈어요 빠져 버렸지만
빛나는 그것을 남겨야 할지 버려야 할지 당신과 함께 나눴
던 농담들

꽃무늬 앞치마를 두르고 이제 당신은 초점 없는 눈으로
햇빛을 간신히 식탁에 올리네요

혀를 빼고 손가락으로 빛을 닦네요 아침 춤과 저녁 춤은 약이 되니라 빛의 먼지를 한소끔, 멀리 떠날 수 있게 손가락에 춤을 발라 문지르네요

춤을 침으로 믿고 사는 나에게 손가락으로 바닥을 궁굴리면서 빛의 살갗을 입으로 부르네요

바리캉으로 밀어버린 기억을 뉘어 놓고 당신은, 당신을 닮은 당신들은 바람의 도르래를 굴리며 밤 차를 기다려요

밀어버린 털처럼 희망이 다시 올라온다는 듯 빛을 깨끗이 춤으로 씻어주면서

우리는 간지를 두른 겹보여서

102동에 사는 지연 엄마는 내 이름이 지연인 줄 모른다 지연 엄마는 시어머니를 요양 병원에 입원시키고 시어머니 집을 매도한 돈으로 그랜저를 샀고 그럼 안되지 하면서 나는 입술 시접을 접는다 지연 지은 지민 지자 돌림 세 딸이 벗어던진 옷 사이로 지연 엄마는 티 걸레를 밀면서 길을 내고 나는 지연 엄마 엉덩이를 따라가며 집이 별거 있냐고 앉을자리만 있으면 집이라고 하면서 교차로를 본다 우리는 티 걸레를 세워두고 옷 무더기 사이에 앉아 허브차를 마신다 베란다로 쏟아지는 햇살이 좋다고 망설이지 않고 떨어지는 것이 예쁘다며 지연 엄마는 베란다 밖으로 떨어지는 꿈을 꾼다고 했다 뜨거운 몸을 화장실 타일 바닥에 가끔 눕힌다고도 했다 나는 찻잔을 어루만지고 지연 엄마는 허브차를 홀짝거린다 항우울제를 복용하는 쉰 살 여자 둘이서 아파트를 감침질하며 본다 아파트 창구멍을 뒤집어 보고 싶다고 솔기가 풀리지 않는 집이 어디 있겠냐고 서로에게 회오리 간지를 둘러준다 세 땀 걸어가다 한 땀 뒤로 가는 세땀상침 눈으로 상보 조각 중심에 있는 연봉매듭이 젖꼭지 같다면서

아파트에 걸린 저놈의 해가 속으로는 얼마나 엉켜있겠냐며

구부린 다리를 펴보는 것이다

청명清明

청계가 알을 품다가 발로 밀어낸 것은 어김없이 심장이 식은 것이라 한다

심장이 깃 아래 다리 사이를 오간다 병아리가 본 하늘의 심장은 십오 센티 위이겠다

눈을 크게 뜨고 안심이란 언어로 세상을 읽을 때가 언제였더라

당근꽃 사이나 딱정벌레 날개에도 밀어낸 어둠이 있다 내 심장은 종종 흩어져 어둠을 누르고 가야 할 날을 셈했다

유월의 나뭇잎이 하늘의 깃을 털고 있음을 안건 오래지 않은 일

갸륵한 눈빛으로 나뭇잎이 흔들린다 나는 몹시 머리가 아파서 나무를 안았는데 나무에게 내가 안겼다는 것을 알았다

청계의 깃 같은 어쩌면 신의 깃털 같은 나뭇잎들이 느리
게 나를 따라와 늘 그러하였다는 듯 심장을 발딱인다

살아서 낙오된 심장은 없으니 햇볕 안으로 걸어가기로 했
다 머리를 숙여 하루를 쪼아 먹는 일이 나쁘지 않다

메아리 휴게소

메아리 휴게소에서 귀 하나를 뽑아요 귀가 뽑힌 자리에
귀가 자라고 또 자라고 내 얼굴은 온통 캐모마일 꽃잎 귀가
되어서 아래로 뉘어져요 신세 진 사람에게 내 귀를 나눠 줘
야 겠어요

세상을 떠다니는 메아리가 발효되는 곳 나는 내 귀를 가
마솥에 넣어요 타지 않게 나무 주걱으로 달래요 반그늘에
고슬고슬 말린 귀가 삼삼해요

차 냄새를 맡고 온 붉은 구렁이와 어둠을 키질하던 박쥐
가 나처럼 귀를 떼어 가마솥에 덖네요 들뜬 부력과 가라앉
는 중력이 물기를 말리네요

차 찌꺼기에 버려진 메아리 소리가 살아있었는지 그들이
돌 하나를 올리네요 오도독뼈를 닮은 소리들

꽃잎이라 불러주면 곱게 누워서 하늘을 받치는 귀가 있어

요 이걸 알아챈 강물과 나는 차 한 잔을 나눌 때가 있어요

　　결과 결의 층계가 평명하게 흐르면 우리는 바람을 모셔오
죠 저만치 깃털 하나 흘리고 가는 먹구름쯤이야

울음은 색실누빔으로 작약을 키운다

매미가 공중을 0.4밀리 간격으로 바느질한다

맴. 맴. 맴. 매에 엠 실을 쭈욱 잡아당기면
수만 송이 작약이 매미 목구멍에서 오므라졌다가
공중에서 한 땀씩 피어난다

마음이 어두워질 때마다 매미는
골무를 끼우고 울음의 간격을 지킨다

매미가 울어서 숨이 턱 막힌다는 것은
붉은 작약이 공중 가득 박음질되었다는 말

저놈의 매미 때문에 짜증난다는 것은
작약 속에 살아있는 숨들이 말더듬이로 걸어가고 있다는 말

울기 위해 자기 몸을 비워 놓은 매미의 공명통이
색실누빔으로 작약을 키운다

잠시 나무라는 지상에 붙어 적막을 깨트린다

여러 색깔의 울음을 만개하면서 우리는 이 세상을 누빈다

제2부

귀릉歸陵

바람이 분다 반쯤 감고 뜬 눈으로

우린 박수 치며 신나게 위태롭다

제발 나 좀 피해 줘 하다가

제발 나 좀 보아 줘 하다가

떨어진 흰 꽃을 들고 달려간다

우로보로스*

석양이 마블링을 만들어요
물속에서 물고기는 어떻게 붉은 피를 간직할까요

물결을 밀면서 나아갈 때
비늘들은
건반이 되어 자신을 눌러요

물속에서 심장이 식지 않게

내가 만난 당신이
당신이 만난 내 얼굴이
어떤 비늘로 악수를 할지
어떤 거리를 지녀야 할지

몸에 붙은 비늘들은 거울 속에서 모자이크 해요

---

* 자기 꼬리를 삼키는 뱀

40

산다는 말 보다 살아 있다는 말이 어려워요
허리에 달았던 광대 북소리가 눈자위에서 반짝 울릴 때

어떤 비늘로 떨어뜨리나
어떤 비늘로 노래하게 하나

거울 안에 깊이 숨어버린 나를 꺼내면서
영원히 거울 안이라는 것

거울은 더 이상 아름다움을 질문하지 않고
나를 둘러싼 비늘이 바늘이 되기도 해요

허기는 어둠이 와도 눈을 감지 않아요

호우

귀뚜라미 살갗에 몸을 기댄 지 오래라 내가 기린인 줄 몰랐어요

머릿속에 바람이 뿔처럼 자라서 면도날로 깎았어요 깎을 때마다 귀뚜라미가 떼 지어 내 몸에서 뛰어나가요

뿔은 지하 서랍장에 보관해요 끝이 뭉툭한 질문을 네모 안에 가두고 근근하게 빗속을 걸어요

킬힐을 신고 어머 웬 은행이라니 후두두둑 목이 휘어지다가 발이 길어져요 우산을 잡고 경중거리면서 구름 속으로 들어갔다 나왔다 캐시미어 같은 구름 속에서

따뜻한 옷을 당신이 입고 있어 제가 따뜻하네요 이런 풀 뜯어먹는 말을 내가 구름에게 했던 것 같아요

뒷다리에 얼룩이 묻어 있는 사람들 저기요 아프리카에서

왔나요 먼 곳으로 다시 갈 것처럼 가방을 안고

　비가 오면 우리는 기린이 돼요 각자 구름 사이로 적막 사
이로 우리의 뿔은 우산 뿔로 감추고

　아픈 곳이 돋아나요 비가 오면 걸을 때마다 얼룩은 초원
을 부르고 오랫동안 추웠다가 더디게 더웠다가

콜레스테롤에는 양파즙이 좋다던데

슬픔으로부터 나를 털어줄래
앞산으로 넘어간 메아리를 불러줄래

껍질 안에 등을 포개고 있는 메아리들
날마다 탈출하고 싶어 했지 태양처럼

태양은 지도를 펼쳐
이 지구를 빠져나갈 비상구가 없을까
앞산에서 어둠을 잡아당기며 매일을 뽑지
태양을 티슈로 마구 뽑아서 버릴 사람

손들어 나의 마트료시카
차례대로 나와서
작은 것이 속에 쌓여가며 아픔이 커지니

울음을 밀대로 밀어서 칼로 자르고 싶어
하늘은 비를 내린다

내가 나를 덮는 거 당신이 나를 덮는 거
등이 등을 덮는 거 합쳐지는 거 뿌리내리는 거
차곡차곡 따뜻해서 속부터 썩는다

오래 웅크린 메아리는 휘어진다
슬픔의 부피로 우리는 비대해진다
검은머리번개깡충거미가 물방울을 흔들며 걸어가는 방식
으로

우리에겐 이해 없이 지금을 벗어날 공간이 필요해
내일은 어떻게 생겼을까 궁금하지 않으므로

마트료시카, 자고 나면 다른 계절이 와 있기를 바라

목련 느와르

놀이터 옆에 새 한 마리가 죽어있다
사람이 물속에서 죽은 것처럼

새가 땅에 죽어있는 것이 슬퍼서
땅에서 죽은 새를 하늘로 올려줘야 하나 망설일 때

하늘의 바닥은 어디인가
나뭇가지 사이 또는 구름의 틈
바닥을 짚지 못한 것도 어쩌면 축복이라는 생각

부유하는 죽음의 거처를 놀이터로 옮겨도 좋겠다
슬픔이라 불리는 것들은 모래를 구르며 그네를 탄다

십장생이 박힌 자개농 뒤에
곰팡이가 피어난 줄도 모르고
나는 놋쇠 그릇을 안고 바닥을 긁었다

시들면서 녹물 흘리는 것들
난간을 잡고 건너오는 소문들

녹슨 철이었던 것을 증명하는 목련꽃 아래
스프링 당나귀 콩콩
외발로 철을 누르는 울음의 방식으로

이곳 아닌 저곳에서
목련 귓불이 물러진다
삐져나온 새의 발가락 하나

비가 쏟아지기 좋은 날이다

매일 구제 옷을 입고 흘러 다녔어

패딩을 스타킹에 넣었어
꽃은 선반에서 피고
올 풀린 망사의 시간 속에 안녕

설탕에 잠긴 구기자는 물이 언제 생기는지 모르고
나에게 돌아온 너의 발걸음이 언제 되돌아갔는지 모르고

너무 오래되었어
이 습관적인 간격

겨울을 눌러 담는 법도 봄의 일
나무는 부피를 줄이려고
꽃을 선반에 올렸다가 해마다 다정하게 버렸어

도로는 온통 꽃들의 헌옷 수거함이 되었어
개나리 벚꽃 목련 조팝 순서도 없이 흐드러지게 날렸어
그것을 보고 사람들은 웃음을 하르르 벗네

옷이 있어도 입을 옷이 없었는데
이게 웬일이니
한숨 죽은 온기를 몸에 대고 나는 흘러 다녔어

나무가 떨어뜨린 구제 옷을 입고
시간을 구제하며 산 적 없는데
내가 구제되어 날려도 좋아

입은 적 없이 어깨에 힘을 준 희망들
구멍을 메우는 일에 골몰했던 눈물들
시간이 나를 버리고 갔다 해도 어쩔 수 없어

내가 이 봄을 다시 입고 돌아오면
겨울보다 추운 봄
그래도 봄보다 따뜻한 겨울

사람이 구름 떼 같아, 당신이 말할 때

구름은 당산나무
스스로 이름을 매달아 본 적 없지

어둠 속 탯줄을 가지고 노는 구름이
목을 맨 혼魂을 잎사귀로 붙여놓았지

아이를 낳지 못하는 여자가
그 잎사귀에 머리를 조아렸지
손바닥을 비볐지

그 여자 딸을 낳았지
절름발이 계집애였지
절름발이 그 계집애 또
절름발이 머심애를 낳았지

매달린 적 없이
매달아 본적 없이

비가 절름발이로 내렸지
도시에 파종된 씨앗이
구름 떼로 몰려다녔지

비가 오면 알지
나는 구름 잎사귀 한 닢 후손
절름절름 물소리로 흘러가지

안녕 속에 톱풀은 자라고

잘 있나요 난 잘 있어요 무탈하게

벽에 붙은 소파와 벽에 붙은 티브이 사이에서
햇살이거나 바람이거나 구름이거나
표정도 없이

내 핸드폰 속에서
당신 핸드폰 속에서
우리는 떠나지 않은 이름으로 서성거려요

문 앞에 생수가 놓여 있고
택배 물건이 쌓여 있고
화장실로 건너오는 옆집 괴성
멈춘 지 한 달쯤 돼요

공간이 소리 없이 평범해질 때
불안해서 무탈하고 싶은 건지

창 너머로 보이는 산들은 톱날 같고
바람은 톱날을 숨기고 와요
손가락으로 핸드폰을 문질러요

전남편을 토막 살인한 여자가
뉴스 랭킹에 올라와 있어요
평범한 얼굴로

나는 무탈하지 않아도 무탈한 모습으로
단순하게 견디며 살았는데

익숙한 평범함으로 어쩌다가
옆집 초인종을 눌러볼까 해요
옆집에도 당신에게도

착륙

꽃 수술이 나를 염탐합니다

엄마는 빈 주스 컵에서 곰팡이가 핀 거라 했지만
나는 어디선가 날아온 눈동자라고 말했습니다

식탁 위에 엄마가 꽂아둔 수레국화
검은 수술이 코로나 바이러스를 닮았습니다

수레국화가 내 말을 알아들으면
일주일은 족히 식음을 전폐하고 앓아누울 거라고
엄마는 말했습니다만

모든 꽃은 세균 모양으로 피어날 거라고
우주선처럼 날아가서 착륙하든 불시착하든
우주인이 그 안을 지나갈 거라고

어쩌면 인간도 우주인 눈엔 세균 덩어리 꽃 모양으로

이 지구에서 무사히 견디는 중일 거라고

그런데 엄마 나는 어디로 날아가야 할까요
매일 내 무사를 위해 엄마는 마스크를 걸어놓고
내 마스크는 너무 무사해서 말라갑니다

꽃도 인간도 착륙시킬 곳을 찾아 허공에 눈을 매달았습니다

구름 느랭이골

생각해 보면 앞머리를 적시며 구름은 늘 내 앞에 똬리를 틀고 앉아 있었어요

내가 구름을 지나가기도 하고 구름이 나를 지나가기도 하고

구름이 비늘 갑옷을 입고 빗소리를 들려주면 이제 가만 듣고 있으면 돼요 각자의 비늘을 허공에 들고 바닥을 긁는 시간이 지나면 어둠도 가벼울 테니

당신 등에 부항 뜬 자국을 보고 구름 느랭이골에 가고 싶었어요 검은 구름장이 당신 등에 나란히 울리고 있었거든요

돌담 쌓인 골목을 지나면
구름이 구렁이가 되어 쉬고 있는
꽃의 발목이 강물로 걸어가는

그곳에 가면 바위에 쌓인 그늘쯤 은모래가 밀고 가겠지요

어제는 빈집이어서 풀이 무성하게 자랐고요 오늘은 말뚝에
끈을 감고 도는 염소 한 마리가 있지만

　흩어지기 위해 사는 나날인 걸요
　새롭게 아득하고 습관처럼 멍들고

염낭거미 혹은 두루주머니 혹은 호떡

시계를 타고 내려온다

줄에 감겨있는지 목이 가느다랗다
태어나고 죽는 연습을 수시로 하는 염낭거미

시계추로 졸라맸어 모든 목구멍들은
줄이 풀려서 태어나고 줄이 조여서 숨이 넘어가고

심드렁하게 흔들리는 거미
날이 맑은데 목주름이 생긴다

기쁨을 조여서 나눠 먹자
반죽을 누르면 설탕물이 나오지 오호 달달한 다리
오늘은 어디를 가야 하나?

별 거 있는 것처럼 우리는 서로를 호들갑으로 싸맸는데
알고 보면 누군가에게는 혐오스러워서

탁, 때려잡아 봐

이 한마디를 들을 수도 있지

시간은 평면으로 우리를 누르고

우리는 납작하게 피시식 식어가고

오늘이라는 줄을 타고 목에 줄을 풀지 못한다

소지품처럼 가지고 다닌 말을 버리고

뜨근한 국물을 찾아 걸어가는

저수지

우리 동네 산지당 밑에는 저수지가 있습니다

그 물이 마르지 않는 건 두꺼비 때문입니다

두꺼비가 등을 물컹하게 하고

금 간 저수지 항아리를 떠받들고 있는 게지요

일천구백팔십 년 오월이었어요

한 번은 저수지에 물이 말랐다고 해서 가보았는데요

두꺼비가 갈라진 등을 들고

어디론가 끔벅끔벅 걸어갈 것 같았습니다

언제부터였는지 산지당 할매는

독자갈을 툭툭 던지더라고요

그 모습이 꼭 점치는 것 같기도 하고

푸념 삼아 던지는 것도 같았는데요

눈 비비고 다시 보니

너는 마땅히 갈 곳이 없는 기라 어찌겠냐-

어르는 소리였지요

그래서 두꺼비는 저수지 밑으로 들어가

물을 받들고 있는 것인지도 모르겠습니다만

백 년이고 천 년이고 물을 받들어야지

잔뜩 웅크리고 있는지도 모르겠습니다만

두꺼비도 제 신세가 분하고 폭폭 한지

한 번씩 보글보글 쉰내를 품어 올리지요

그걸 아는 동네 사람들은 밭일 갈 때나 산지당에 갈 때

한 걸음이 천 년인 듯 걸어가

말없이 합장하지요

메아리가 나를 부를까 해서

땅 하나를 샀어 마당 자리에 흙더미를 쌓았어
집과 집 사이가 빼곡해서 작은 언덕 하나 만든 거지

물망초를 심어놓고 자연석을 하나씩 언덕 위에 올렸어
꽃이 언덕에서 먼 산을 볼까
별을 본다거나
그래 내가 떠나보낸 메아리가 나를 부를까 해서

언덕에 올라서 한 번씩 팔짱을 끼고 괜찮아, 충분해
나는 나로서 웃을 수 있을 것 같아

나는 다만 나를 향해 다른 공기를 줄 수 있을 것 같아
그런데 지나가던 사람이 무덤이라 하더군
마당 한가운데 무덤이 있다고

사는 일이 내가 떠나보낸 메아리 무덤 위에 오늘을 심는
일이지만

여보세요 깊이를 조심해요
메아리 무덤에 다리를 빠트리면 헤어나올 수 없어요

슬쩍 지나가는 당신들은 넘어지지 않으려고 애쓰면서
언덕을 보네 내가 얼마나 많은 구덩이를 파서 묻었는지

송곳니를 가진 바람이 나에게 와락 달려와도 좋을

꽃잎이 죽음 너머의 칼춤을 추는 듯 날릴 때

누가 채마밭에 식칼을 던지고 있는가
칼발을 가진 햇살이 우리 땅을 휘두르고 있더군

갈퀴와 삽을 칼발 디딤돌 아래 넣어두고
무엇을 묻을까 궁리하면서
사과나무 살구나무 할 것 없이 말려 죽이더군

칼발이 걸어 다닐 때마다 꽃들은 무서워 등을 돌리지
사는 게 먼지 더듬이와 함께
나이테를 두르는 일이라고 합리화했지
그러다가 보았어 이유 없이 전지 당한 어린 것들

살아서 거리로 나왔다는 것만으로도 칼발에 밟히는
꽃잎들, 죽음 너머의 칼춤을 추는 듯 날리네
잘린 나뭇가지 같은 세 손가락을 들어 올리네

이곳이 굴복을 원하는 먼지 사원이라 해도

대국의 바람과 통성명하며 꽃의 살을 떨어뜨린다 해도
두려움으로 나아가라 자유는 생존하라

유실수들과 갓 눈을 뜬 상추들이
힘 잃어가는 목소리를 들으며 목숨을 유지하네
오늘 견디기가 아파서 앞으로 나아가는 푸른 것들

절망이 무궁무진해서 서로가 서로에게 신앙이 되는
미얀마, 오늘이라는 제단에 피를 바치네

제3부

설원

팔월에 땀이 나는 건 낙타가 무릎을 꿇고 있기 때문이야
나는 낙타를 타고 설원으로 가지 늑대 민족이 사는 마을을
지나 별을 기르는 마을에 눈이 내리네 오백 년 동안 나를 기
다린 낙타는 긴 수염이 있네 긴 수염에는 고드름이 있고 나
는 고드름을 빨아먹지

풀어놓은 별들이 낙타 걸음을 따라오네
갈증을 헹구는 낙타의 눈은 맑기도 하지

끝도 없이 설원을 걷네 멀리서 늑대 소리가 들리네 바람은
억새 숲으로 우리를 데려가네 바람이 낙타의 눈을 비비고 별
이 모서리를 닦는 억새 숲

가시로 남기까지 외로움에 목을 늘렸다고 별들도 마지막
살갗을 흔드네 그럴 때마다 눈이 날리지 낙타는 영혼이 설원
에 있다고 믿지 내가 아득하게 땀이 나는 건 지금 설원으로
걸어가기 때문이야

때때로 영원한

우리는 수시로 흔들리며 관람되었구나
눈 오는 신호등을 지나가며
장례식장에서 첫사랑을 만난 것처럼

나는 당신이 모르는 액자
당신은 나를 모르는 그림
우리는 금에 스며든 화랑 그림이 되어서

보이지 않는 못에 걸려서
날리는 눈 사이를 지나며
또 다른 눈들이 부딪치며
때때로 살아 만났구나

한 발이 땅을 딛고 한 발이 떴을 때
잠시 뜬 발은 하늘의 실금을 밟는다

이제 떠나볼까? 눈송이처럼

반가워라 오른발 왼발

지구는 둥그니까 자꾸 걸어 나가면*

오늘의 바깥이 기울겠네

우리가 죽으면 발부터 녹을까

낯익게 포개지는 발자국들

친밀한 무덤

브라자를 마스크로도 사용한다지
가슴을 한쪽씩 떼어서
어느 나라에선 오렌지나 멜론 껍질로 입을 가린다고 해

방긋 솟은 색색의 달콤한 무덤들

누군가와 반반씩 나눠 먹고 껍질로 입을 막고
살아남기 위해 무덤은 재생산된다

바이러스와 친밀한 무덤을 입에 달고
약국 앞에 줄을 서 보기로 해
가면 없이 살아본 적 없는데 마스크를 쓰고 벽을 본다
처음이라는 듯

무덤으로 입을 가리는 일이 이렇게 투명해도 되나

뒤에 서 있던 낯선 여자가 과육을 터트리며 말을 건넨다 마스크 수명은 얼마나 되나요?

어머 마스크를 쓰지 않고 마스크의 수명을 묻는 한쪽 가
슴이여

과수의 꼭지라고 해야 하나 브라자 훅이라고 해야 하나

이어진 적이 있었던가

당신과 나

입 하나를 막아선 죽음이 동일한가

무덤들이 사소하고 깊은 훅과 끈을 더듬거린다

발소리는 죽은 지 오래

없는 시간이 움직인다 해피트리* 그림자가 바닥을 밀며 들어온다

그림자를 벗어놓은 빈 곳이 흰 운동화 같다

어제 세탁소에서 흰 운동화를 찾아오는데 신호등 앞에서 롱패딩을 입은 십여 명의 사내들과 섞여 신호를 기다렸는데 저승사자 비서 같다고 생각했는데

살짝 눈이 왔던가 디지털 플라자를 지나 트라이 속옷 양말 글자를 지나는 동안 눈은 눈끼리 부딪쳐도 소리가 나지 않았다

눈은 어떤 속도로 와서 어떻게 떠나는지 어떤 속옷을 입었는지 어떤 양말을 좋아하는지 묻고 싶었으나 쓸모없는 의

---

* 해피트리(Heteropanax fragrans)

문이었다

어제를 열어보다 호주머니에 있는 찰떡 쿠키를 입에 넣는
다 식탁 유리 밑에는 세계 지도가 깔려 있다 한 번도 떠나지
못한 세계다

운동화를 식탁 위에 올린다 운동화 옆구리가 터져있다 어
디 먼 곳을 다녀온 모양이다 신발 옆구리를 터지게 한 내 발
목이 매끈하다

남편은 잘 쉬라며 나에게 손 흔들고 아침에 나갔다 점성
이 낮아진 내 발소리는 죽은 지 오래였다

츄파춥스
　― 전주 삼천동 막걸리 골목에서

　매미가 삼천三川을 둥글게 핥으며 울어요 취기를 털어내려
고 내 머리를 흔들었는데 붉은 츄파춥스가 되었어요

　머리는 부풀어 있고 매미는 나를 핥으며 울고
　울고 싶어서 두 번 세 번 일어났다 앉았던 사람이 있고
　노래하고 싶어서 두 번 세 번 했던 말을 반복하는 사람이
있고

　당신은 이중적이고 나는 원래 이중 삼중 사중이고 네가
나를 뭐로 보고 이중이라 하냐고 하고 술잔을 끌고 가고 끌
려가고

　홍어삼합이 나오고 게장이 나오고 날치알을 김에 싸 먹으
면서

　밤하늘에 죽은 사람들이 쌓여있을 텐데 늑대 혼 같이 한
꺼번에 하늘에서 쏟아지겠다고 생각했어요

살아 있는 사람도 죽은 사람도 이음새 없이 다디단 머리를 부딪쳐요 닳아 버린 단맛을 기억하면서 닳아 가는 한 사람이 되어가면서

벽에 서로의 이름을 적어요 집으로 돌아갈 골목을 하나씩 잡고 허밍으로 녹아내리고 있어요

감자 된장국이 익어 가는 밤

칼자루로 마늘을 찧을 때 감자 된장국이 옆에서 끓고 있었습니다 칼날이 벽면을 향해 발을 뗄 때 벽은 된장국 입김을 삼켰습니다 어쩌다가 동네를 돌던 점쟁이가 우리 집에 와서 지비 막내딸이 살이 있다는 소리를 해서 어머니는 나를 방 안으로 앉히고 밖에 나가지 말고 여그 있거라잉 어깨를 두드려주고 나갔습니다 어둠이 오도카니 앉아있어 불을 켰는데 무당이 집을 돌았습니다 주문을 외우며 징을 쳤습니다 어머니는 무당 뒤를 쫓아 머리를 조아렸습니다 몇 년간 품앗이로 모은 돈을 무당에게 털렸습니다 내 적요한 뿌리를 걷어주며 집을 도는 어머니의 발소리 따라 장독대와 쥐똥나무 울타리와 사금파리와 신의대와 개와 부엉이와 별이 징소리 따라 나를 돌았습니다 덤덤하게 닳아가는 어둠이 내 곁을 지키고 있었습니다 오늘 어쩌다가 마늘은 자꾸 도마 밖으로 튕겨 나갑니다 감자 된장국이 폭폭 안으로 익어 가는 밤입니다

그림자밟기

삼 년에 한 번 볼까 말까 한 사촌이 사채에 쫓겨 자살했습니다 보름날 매미 소리가 공중에 꽉 차서 그 소리에 내가 눌려 죽겠구나 싶습니다 울음을 한 홉 퍼서 땅에 심어줄까 합니다 손으로 흙을 긁는데 풀뿌리가 엉킵니다 땅 위의 것들과 당신은 그림자밟기를 합니다 당신이 나를 밟고 나는 당신을 밟고 빛일 때는 잡지도 않았는데 그림자만 잡아서 미안합니다 당신도 당신 그림자가 도망가서 마음이 어지럽습니까 가끔 그림자가 자신을 삼키지 못하도록 가만히 서 있는 날도 있습니까 달빛 아래 당신 그림자를 밟고 내가 도망가거든 무심하게 그림자를 밟아 주세요 나는 내 그림자가 무섭습니다 달개비도 푸른 머리를 뒤로 넘기는 곳에 발을 넣습니다

무지개가 버선을 신고
걸어간다고 해도 놀라지 마

타래버선*을 신겨줄 거야 무지개도 태어났으니 걸어봐야지

버선코에 달린 상모가 바람을 돌릴 거야
버선발 뒤꿈치에 달린 방울이 흔들릴 거야
발등에 수놓은 모란꽃이 꽃잎을 피울 거야

무지개는 타래버선 열네 개를 신고 조심스럽게 발을 뗄 거야 오른발 왼발 오른발 왼발 엉키지 않게

뛰기 시작할 거야 초원을 지나 사막을 지나 협곡을 지나 구름 속으로

상모를 돌리면서 방울을 울리면서 모란꽃을 피우면서 빨 주노초파남보 구름 방방을 탈거야 무지개가 구름 위를 구를 때마다 빗방울이 떨어질 거야

---

* 돌 전후의 아이에게 무병장수를 기원하는 마음으로 만들어 주는 누비버선

무지개는 타래버선 대님이 풀어지는 줄도 모르고 텀블링
할 거야 빨주노초파남보 땀을 흘리면서

구름과 구름 사이에서 당신과 나 사이에서 무지개는 버선
코를 세우고 색을 다 뺄 거야 무지개 방울은 울리고 상모는
돌아가고 모란꽃 향은 날리면서

당신 머리 위를 걸어간다고 해도 놀라지 마

구두장이여 신발보다 더 높이는 보지 말게*

무너지지 않기 위해 애쓰다가
무너져도 당신이 있다는 것에 안도했는데

당신이 태풍 맞은 열매처럼 툭 바닥에 떨어졌다
일초, 이초, 초여름 빛으로 당신이 경직되어 갈 때
몇 초 안에 신을 부르는

내 덧없는 시간에 시는
계산서를 결제한 것처럼
이 세상을 내어준 시간에게 힘이 없다

식은땀을 흘리며 깨어난 당신이 나를 부른다
나도 그림자 같은 당신을 부른다
– 아들아

---

* 기원전 4세기 그리스 화가 아펠레스가 어느 구두장이에게 했다는 말

혼절하다 터진 이마에 약을 발라주다가
그림자처럼 나를 따라온 호흡을 안는다

거짓말처럼 살아 있는 것인지
내 팔 안에 감긴 골목
꽃받침 자리를 쓸고 온 비 냄새

당신이 내 등을 두드린다
골목을 지나 강물 하나가 흘러가면서 흩어짐 없이 빛나는
물비늘이

한옥 마을을 걷다가
담에 만나자는 말을 생각했어

등과 등 사이에
길이 있는

웅과 웅 사이에
빈집이 있는

낮은 응답이 모여
경첩을 흔드는

담 아래 붉은 대야 속
봄동 같은

귀뚜라미 보일러 소리를
들어보고 싶은

쪽파가 올라오는 속도로 걷다가
사람 그늘 되새김질하는

썰어 말린 무말랭이처럼

당신과 내가

햇빛에 휘어지고 싶은

고물이 된 당신의 램프가 켜지는지

스위치를 눌러보고 싶은

그런 대책 없는 말을

복숭아가 물러서 떨어진다고

나는 말하고 당신은 아무 말도 하지 않았어요

문을 열고 들어갔다가 나는 문 닫는 것을 잊어버렸어요
문에 들어갔으나 문밖에 서성인 거죠

석양이 내려앉으면 빚을 갚아가던 당신은
화분 걸이에 걸린 화초에 물을 주었어요

꽃들이 목을 축이고 화분을 건너온 물들이 뚝,

나를 적신 물방울이 당신에게 건너가 뚝,

오래 살짝 건드려서 물러버린 시간이 있어요
무심하게 시간을 줄줄 흘리며 살아야 하니까

멀어져서 멀어지고 싶은 날도 있었죠
당신과 한 겹 벽을 뉘어 놓고 당신 꿈을 꾸는 날이 많아요

멀어져서 목메는

때론, 움푹 보고 싶은 당신

거울로 들어가서 몸 좀 식혔다 올게

잘 지내냐고 물었더니
잘 지내는 것이 뭐냐고 되물었어

잠깐만
깨진 거울로 들어가서 몸 좀 식혔다 올게

흘러가는 것이 무사하지 못할 것 같아서
어쩌다가 내 머리에 비가 내릴까

거미는 어쩌다가 거미
매미는 어쩌다가 매미

공중 모서리에 그물을 엮고
그물을 떼어와 날개로 달고

그물을 출렁이고 펄럭이면서
무사를 꿈꾸고

너무 달렸어

거울은 쉬지 않고 나를 보고 견디고
나는 나를 지나는 중

모든 것이 어긋난다고 해도
그저 지나가는 비처럼
금이 가서 다행이야

구원처럼 히야신스

모공에 피어싱 해도 되겠어 당신
빛을 뚫은 당신 쪽으로 내 머리가 기울어지고 있어

모공 속에 이렇게 많은 꽃이 숨어있었다니
히야신스 꽃봉오리 모양으로

당신은 알뿌리 식물이었나 봐
지난겨울 서리 내린 화단을 당신과 보았지

얼음 기둥 위에 작은 흙 알갱이들
추위에 경기를 일으키며 뛰어나온 곳이 허공이라니

얼음 기둥을 세우고 피어싱 하는 알갱이들
우리 둘이 눈이 마주칠 때마다 내려앉던

침묵의 바닥이 서걱서걱 일어나 숨 쉬는 날도 있으니
그런 날은 내 얼굴에 히야신스 피어싱

시멘트 담벼락에 세워진 바람의 꼬리

향기로 뒤집어지는 꽃잎

외따로이 이 지상에 요령을 흔드는 날도 있으니

구원처럼 히야신스

한 덩어리 얼굴

당신 옆에서 이렇게 가끔 환해도 될까

제4부

폐경

마당에 오래된 배롱나무가 있어요 내 나이 오십이 되어서
야 배롱나무의 맨살을 만지네요 인도 카마수트라 사원 같다
고 할까요 성교하는 단단한 조각품들이 나무에 새겨져 있네
요 명상하는 표정으로 교합하는 자세라니 반듯하게 서 있는
자세라곤 하나 없이 비둘기였다가 도마뱀이었다가 낙타였
다가 뼈와 뼈를 뒤틀어서 만나는 양각된 육체들 나무 속에
돌을 조각하는 사람이 지금도 살아 망치질을 하고 있어요
혈기 왕성한 사람들이 배롱나무 속에서 맨살을 뒤틀어 올리
는 붉은 체위라니 기묘해서 아름다운지 사는 게 아름다워야
기묘해지는지 수피를 잃어가는 내 붉은 꽃자리 아래

마지막 한 발 내려놓을 힘으로

미나리 잔뿌리 같은 눈물이 흐르는 날 있어

슬픔의 대궁에 금이 그어지는 그런 날 있어

뼈마디 마다 체온은 슬픔에 관여하지

몸을 누인 어둠을 씻어 내다가 돌 하나를 호주머니에 넣
는다

돌이 신전의 돔 같아서 호주머니는 창문도 없이 슬픔을
보존한다

간신히 오리발로 말해도 온전히 오리발이 되어 들어준다

어죽에 손을 넣고 살을 으깨며 생선 가시를 발라내듯이

기도 없는 기도 악수 아닌 악수 용서 아닌 용서로

돌을 만진다 아라베스크 당초문을 그리며 만지는 돌은

신의 단단한 눈물, 강으로 가자

사라진 편지처럼

당황하지 말아요 재활용 쓰레기장에서 줄무늬 통굽 십이 센티미터 샌들을 꺼내 신고 우체국에 갑니다

뒤꿈치 밴드가 헐렁하긴 해도 적당히 닳아서 편안합니다

얼굴 모르는 당신과 내 발목이 당신이 지나온 발에 맞추어

토끼풀꽃을 보면서 가볍게 뛰기도 하면서 지상으로부터 십이 센티미터 위라는 것이 서로 위안이네요 머리를 숙여 토끼풀꽃 머리를 흔들어주기도 하면서

재건축 플래카드 아래를 걸어갑니다 길고양이 새끼가 다급하게 도망갑니다 아이들이 큰 상자를 들고 앞뒤로 헐떡이며 쫓아갑니다

마음을 맞추기 쉽지 않은데 바닥을 맞춘 당신과 나는 재활용 샌들 십이 센티미터 공중 위에서 우표처럼 붙습니다

비가 오면 몸이 무거워 나를 벗어놓기도 하겠습니다

　가지런히 벗어놓은 나를 누군가 신고 떠돌기도 하겠습니

다 사라진 편지처럼

　집을 나가도 갈 곳이 없는 날엔 우체국에 갑니다

　당신을 모르는 내 자신이 더 먼 곳이 되기도 하겠습니다

방아깨비 수업

혓바늘이 돋아서 일을 쉬었더니 사람이 그립네요
핑계를 만들어 전화를 돌려요
부재중이거나 모두 바쁘거나

비가 보일러 연통을 두드려요
진딧물에 온몸을 먹히면서 꽃을 피운 채송화는 무사한가

빗물로 씻어낼 수 없는 곡절을 위해 할 일 없이 가위를 들
어요 이 세상에 온 바람을 자르는 중이에요 나는 연기를 자
르는 중이에요

어쩌자고 수명을 다한 노란 머리 방아깨비가 새끼를 등에
업고 숨어 있네요 진딧물이 가득한 꽃잎 아래

목소리 없이 목소리를 지우고
가려움을 식히는 법을 새끼에게 알려주고 있어요

제례를 올리는 것처럼

빗소리는 신명으로 스스로를 씻어 내리고

흘러내리는 외로움에 대해 연연하지 않아요

빗소리가 살갗에 들어가도록 방아깨비는

가위가 머리를 지나가건 말건

눈을 크게 뜨고 빗소리를 듣고 있네요

무심히 엎드려 흘러가는 눈망울

진딧물 묻은 가위를 닦아요

나비를 날려 보내면 손이 날아갈까요

물감에 손을 적십니다
흰 도화지에 나비를 찍어요

나비를 날려 보내면 손이 날아갈까요
물감이 손가락 사이로 뚝 떨어집니다

물감 흘린 나비를 닦아요
웃음이 굳기 전에

물이 가득 찬 양동이 물이 출렁이듯
나비는 날개가 무거워서 곡선으로 날아요
날개가 엎질러질까 봐 비틀거리는 나비

저쪽에서 이쪽을 열고 들어오는
지문인식 도어락이 손가락 우물 안에 있어요
오랜 각오처럼

수문을 막으러 갔다가 돌아가신 할아버지가
아버지를 부르고 나를 부르고

지문 속으로 줄을 던져 나도 그곳으로 가면 안 될까요
나비 지문에는 물길이 있고
전생이 남긴 메아리가 있어요

혼자 있을 때마다 손바닥을 펼쳤어요
손가락 마다 둥글게 감긴 우물의 비문

집을 나간 시간이 문풍지로 흔들린다 해도

꽃잎이 벽을 찾아 바람으로 떠돌겠죠

소나기가 무당벌레 등에 숨어 노래하겠죠

곤줄박이가 화분에다 젖은 부리를 심고 가겠죠

문턱에 붙기도 하겠죠
죽어가는 내 빛이 저세상에서 지금 살아난다는 말

뻐드렁니를 드러내며 노루를 기다리기도 하겠죠
외곽으로 나서는 마음을 원에 가두고

고요를 향해 날아오르는 엉겅퀴 눈빛으로
지상에서 빛나는 것들은 빛의 바늘을 온몸에 꽂겠죠

집을 나간 시간이 찢어진 문풍지로 흔들린다 해도

아무 일도 없는 것처럼

야한 생각을 자주 하나보다 너는 머리카락이 잘도 자라네
당신의 농담을 듣고 나는 기뻤다

머리카락은 내 생각을 받아먹고 자라지 생각이 엉킬 때마
다 머리카락이 물들면 좋겠네 야한 생각을 하면 붉은색 꿈
꿀 때는 연두색 슬플 때는 노란색 떠나고 싶을 때는 재색 대
야에 철벙 철벙 물을 받아서 머리카락을 온전히 적시겠어
여러 색이 대야에 퍼지다가 하나의 색이 되었다가 다른 색
도 한 입 삼키면서 머리카락은 생각하겠지 포만감이 들어서
며칠은 굶어도 되겠네

나는 가벼워져서 빈 껍질로 일어나겠지
아무 일도 없는 것처럼

도착했습니다 구멍은 늘 열려 있고

가시풀이 별의 무릎을 베는 저녁이야
문득 비닐봉지가 가슴에 걸려서 터미널에 왔어

버스 시간표를 훑어보다가 내가 가보지 못한 도시로
떠나는 버스를 보며 손을 흔들었어

손가락을 잃은 플루트 연주자처럼
간간이 먼 도시 구멍을 짚어가는 버스들
비스듬히 정류장이라는 지관을 열어주며 떠나고
나는 의자에 앉아 당신을 떠올렸어

피지섬에 간 당신은 바닷가에서 환하게 웃고 있었어 초등
학교 발표회에 갔더니 발달장애인 당신 아들은 리코더를 잡
고만 있었다지. 삑 소리가 나니 선생님은 가만히 잡고만 있
으라고 했다지. 오 분 동안 엄마의 눈을 피하며 리코더를 잡
고 있는 아들을 보면서 당신은 손을 세차게 흔들어 주었다
고 했어. 구멍 많은 이곳을 이따위 슬픔이라 말하고 당신은

야자수가 있는 바닷가에서 사진을 찍어 보냈지

　피디수첩에서 당신과 함께 떠난 교인들이 타작마당을 하
고 있었어 자식이 부모를 때리고 무리가 한 사람을 패고

　탈출한 사람과 텅 빈 곳에 정차한 사람들

　시외버스 공용 주차장 하차하는 곳에
　도착했습니다 안녕히 가십시오 굿바이
　궁서체로 쓴 글자 사이
　버스는 잘린 손가락들처럼 아무렇지 않게 달리고
　손가락에는 혈관 같은 기억이 정차하고 있어

간격

흰 개가 뒷다리에 힘을 주고 괄약근을 움직이듯
눈을 감았다 떴다 하면서 계수나무를 봅니다

토끼들은 어딜 가고 노랑에서 주황으로
달이 가볍게 떨어질까요
누런 구린내가 나니 너는 저리 가서 먹어라

팔순 넘은 어머니가 밥상을 들고 건넛방으로 가듯이
밥상을 던지던 아버지가 이제는 아장거리며 걸어 나와
당신 입에만 넣었던 고깃국물을 질질 흘리며
내 밥그릇에 담아주듯이

질펀한 냄새를 하나도 못 맡는 사람처럼
아무렇지 않게 계수나무가 저녁을 먹습니다

아랫집 할머니는 밖에서 반지를 잃어버리고 들어온
할아버지를 위해 은 숟가락을 녹여 반지를 끼워줬다는데

계수나무 잎은 하트 모양이기도 하고 숟가락 같기도 해서

쏟아지나 봐요 평생 삼킨 숟가락들
단 하루도 숟가락을 업신여기지 않았으니 녹여 쓰시라
밥상을 사이에 두고 목숨이 서로의 반지인 거라

저뭅니다 밥 먹는 일이 저문다 하니
더딘 숟가락은 왜 공격적일까요
계수나무 사이로 달빛은 쏟아지고
저것은 먼 것이거니 하고 바라봅니다

빗방울들

다정을 의심하지 않기로 해
흩어져야 산다는 요즘 흩어져서 좋다

슬픔을 들키지 않으려 노력하지 않아도 돼
묶음이 있으면 혼자라는 것을 숨기는 묶음이었지

마른 흙에 폭폭 패인 빗방울의 걸음이어도 좋아
노출된 슬픔이 제각각 이렇게 만연해

여러 종류의 팔걸이나 손잡이를 기다리면서
빗방울들이 나뭇잎을 건너다닌다

졸혼이거나 원룸이거나 혼밥
밑으로 고여 흘러내리는
창에 기대여 먼 곳에 대한 구름 한 점이
이렇게 가까이 쏟아진다

희망에 대한 것이었다가 오늘의 운세였다가

순간이었다가 그 자체가 되기까지

날아가지 못하고 있는 것들이 있어 비가 내린다

새의 발에 걸린 귀의 끈 같은

우리는 혼자서 아픈 소문의 묶음

동굴을 품은 도라지꽃 조청 같은
— 문신 시인

도라지꽃 조청을 스푼으로 떠먹으면
도라지 뿌리를 따라 동굴 속으로 들어가는 것 같습니다

어둠은 흔하기도 합니다
아무렇지 않게 바위를 골라 앉는 일
하루도 빠짐없이 운동하듯 낙하하는 일

저장된 슬픔이 목탁 소리를 냅니다
아무도 모르게 최소한의 정을 쪼아서
아득한 굴을 만드는

물방울 하나 깊은 곳으로 조려지며 떨어져
물이 물을 저어 미련 없이 물을 지우는

물방울 문신이 새겨진 돌 하나를 압니다
돌에는 눈이 먼 바람이 빛나고
자신을 꽉 조여 무뚝뚝하지만

봐요 손을 얹으면 멀고도 가까운 온도로 말을 건넵니다
그래요 어쩌면 당신은 동굴을 품은
도라지꽃 조청 같은 사람

동굴 속 물을 두드려 어둠에게 말을 건네는 사람
정도 외에는 길을 가지 않다가
힘들면 겨드랑이에 손을 넣는 사람
저녁을 정갈하게 안을 줄 아는

당신의 시를 읽습니다
숨을 죽이고 살다가 목이 따끔거리면
도라지꽃 조청 같은 동굴 속 물방울 하나

오랜 연인

미움이 없는 먼 숨
먼 숨은 미움에서 가벼워졌고
가벼운 것은 남처럼 먼 곳에 있다

암막 커튼 사이로 빛나는 먼 별
하늘, 하늘이 남이라니 이렇게 치밀한 말이 있나

달성사에 가는 내내 어제를 불렀지
산골짜기에는 연등처럼 떠가는 우산들
대왕참나무 잎과 솔잎은 흔들리다 못해 떨어지고
이름을 잊는 것이 마지막 권리인양 쌓인

　달성사에 스님은 없고 흰 개가 있다 집을 세 채 가진 개
그 개는 가운데 스티로폼 집에서 비를 피하고 있다 왼쪽 푸
른 지붕 안에서 생쥐가 설렁설렁 걸어 나와 밥그릇에 고인
빗물을 홀짝거린다 개는 아무렇지 않다는 듯 눈을 껌벅인다
함께 산 지 오래인데 각방 생활을 하는 것 같다 별을 지척에

둔 달처럼

먼 곳이라 생각했던 것들이 어쩌면 내 오랜 연인
본성도 없이 엮어진 부부일지도 모르지

하늘과 나는 서로를 심심하게 놓아주었지
가깝게 내어주는 고요 그 거리에서
흰개처럼 끔벅거리며 비는 밥그릇에 퉁 퉁 떨어지고

엎드림

비 그치고

새 소리는 실 한 줄
꽃잎이 열리는 소리는 실 네 줄

이쪽에서 저쪽으로
소리 매듭을 만들며 날아간다

바람이 솔잎 살갗으로 건너올 때
나는 몇 줄로 이 세상에 수를 놓고 있나

아무 색도 없이
방범창에 방울방울
그믐 숨소리로 흔들린다

실패에 감긴 실의 후회는 아무것도 아니리
살아 있는 순간은 아름다움을 내 귀에 꽂은 날이니

구름 솜에 꽂힌 녹슨 바늘이어도 좋다

오늘은 추리닝을 입고 물방울을 바라볼 일

해설 · 시인의 말

실존에 대한 연민과
자의식의 봉함엽서들

김유석(시인)

시가 허용하는 모호성의 범주에는 몇몇 요인들이 작용한다. 그중 가장 보편화 된 기법은 '고도의 은유'이다. 동일성에 바탕을 두고 대상 간의 연결을 설정하는 은유의 구조는 그러나, 현대시에 있어 비동일성을 지향하는 방향으로 낯선 관계를 탐색해 나가고 있다. 이질적인 사물의 결합을 시도함으로써 새로운 정황을 창조해내고자 하는 것이다.

감각적 이미지, 또는 다의적인 언어의 조합 속에 오묘한 시의詩意를 숨기는 수준 높은 은유는 상징을 낳는다. 질감이 다른 대상의 결합으로 하나의 독립된 의미를 수용하는 상징은 비유와 달리 원관념이 생략되어 있다. 비교, 유추적인 비유와 달리 암시적인 성격을 띠는 상징은 동일성, 암시성, 다의성 등을 포괄하여 내면의식을 표상하며 주관적 상상력을 요구하여 사유의 폭을 확장시킨다. 주지하다시피 서로 얽혀 하나의 체계를 이루는 독특한 상상력은 객관적 실재를 주재하는 소박한 정서에서 벗어나 새로운 감각과 주관적 정체를 파악하려는 모더니티를 조장하는데 기여한다.

주로 개인적인 상상력에 의지해서 묘사나 표현이 어려운 심리적인 정황을 수용하는 상징의 알고리즘은 시적 언어에 있다. 이 시적 언어는 합리적 일관성을 지닌 언어와는 별개의 것으로 시인의 의도를 수행하여 어떤 세계를 창조하는 주관적 사유와 감정을 지닌 언어이다. 함축과 생략, 다양한 이미지와 정서적 의미를 내포하는 것으로서 시인이 어떤 상황과 정서 속에서 고민하고 지각하는가를 유추할 수 있는 독자성을 갖는다. 시인은 자신의 의도를 보다 내밀하게 담아내기 위해 언어에 집중하고 대상에 대한 실험적 접근 방식을 탐색하기 마련인데, 그 과정에서 생성되는 감각적 언어나 언어의 조합으로 빚어지는 이미지가 곧 시적 상징으로 나타나곤 하는 것이다.

그러나 자신의 인식을 제시하는 방법론적 차원에서 상징은 시인과 독자 사이의 해석적 괴리감을 야기하기도 한다. 전체의 유기적인 의미 관계를 추적하여 시인의 의도를 파악하려는 의지보다 언어 개체에 독자의 눈이 편중될 때 상징은 원관념을 놓치는 공허감에 빠질 수도 있다. 상징이 노출하기 쉬운 모호성 때문이다. 이미지의 중첩과 명징하지 않은 관념 등으로부터 기인하는 모호성은 직접적·객관적으로 대상을 주재하는 서정의 시각에선 심각한 오류일 수 있다. 하지만 주관적 심리묘사에 치중하는 모더니즘의 경우 새로운 해석을 가능케 하는 다양체적 요소로써 충분히 허용된다. 불확실성의 세계에서 심화되는 갈등과 불안, 자유의지, 존재의 무의미성을 묻는 시의식은 심오하고 복잡해서 추상적 관념을 표출할 수밖에 없고, 그것이 구체성을 띨 때 시는 보다 다양한 이해와 해석을 제시할 수 있는 입체적 공간을 설계할 수 있는 것이다.

『내일은 어떻게 생겼을까』는 이와 같은 관점을 주목해야 한다. 고도의 은유, 감각적 언어, 독창적인 상징들이 이루는 문체(style) 속에서 '답'보다 심오한 '질문'을 던지는 것이 지연 시인의 세계라 할 수 있기 때문이다.

하늘도 땅도 꼭짓점이 많아 비가 내려요 잡아당겨야 할 모서리가 많다는 거죠 꼭짓점과 꼭짓점을 잡아당기면 보조개가 생겨요 어머머 아니에요 손사래를 치면서 보조개가 피어나는 거 봐요 한 땀 꽃봉오리 바늘방석 같은 무덤이 살아나요 예전엔 하늘과 땅이 가까워서 죽은 사람과 산 사람이 줄을 타고 서로를 방문했을 것 같아요 창구멍에 공복을 단단하게 밀어 넣고 솜에 콕 박혀 우는 영혼이 있을 것 같아요 가슴을 돌돌 감은 박쥐매듭 하나 풀어놓고 싶은, 이쪽과 저쪽을 이어 놓은 실 툭, 끊어버리고 싶은 저편의 적막이 있을 것 같아요 하늘을 바라본 평수와 지상을 걸어본 평수가 달라요 비가 다리를 감침질 하네요

옷깃을 여며요 꽃봉오리 바늘방석 위를 사람들이 걸어요
꼭짓점은 꽃잎을 펼치는 기억일지도 몰라요

-『꼭짓점의 기억』전문

의미론적으로 선뜻 접근하기엔 다소 난감해 보이는 텍스트다. 대상을 내면으로 끌어들여 동일화하는 '동화'보다 대상 속에 감정을 이입시켜 일체감을 형성하는 '투사'의 방법을 취하고 있는 까닭이다. 묘사나 정황 진술에 의거하는 작품의 경우 대상과 화자 사이의 거리가 느슨해지거나, 혹은 주체가 모호해서 의미 파악이 쉽지 않을 때가 많다. 이 때 시인은 대개 '낯설게 하기'와 같은 수법으로 말하고자 하는 의도를 한 곳에 집중시키지 않고 텍스트 전체에 풀어놓으려 한다. 어떤 대상이 새로운 관점과 낯선 표현으로 이미지화되었을 때 시가 주재하는 의미와 독자 사이의 폭은 넓어지기 쉽다. 주로 언어의 질감이나 다층적인 의미에서 비롯되는 것임을 전제하면, 모호성을 시적 언어의 중요한 수단으로 간주한 엠프슨(W.empson)의 견해를 잠깐 재고해 볼 필요가 있다. 시적 언어는 자체의 의미보다 텍스트 속에서 보다 풍부하고 다양한 정서적 의미를 갖는다는 점을 고려해야 한다.

「꼭짓점의 기억」은 언어의 정서가 의미를 파생시키는 구조를 띠고 있다. 감정 작용에 환기되는 심리묘사가 바탕을 이루며 주제를 설득해나가는 이를테면, 내용보다 형식

의 기교를 중시하는 전경화前景化의 예시를 따르는 작품이
라 해도 무방할 듯싶다. 의미를 직접 지시하여 메시지를 전
달하지 않고 언어의 상호관계에 의해 의미를 형성해나가는
태도를 주지할 때 지연 시인에게 있어 언어가 거느리는 정
서는 텍스트의 중심 요소가 된다.

우선 '비'를 관념화하고 있다. 하늘과 땅의 '꼭짓점'을 잡아
당기듯 내리는 비의 이미지로부터 '보조개'와 '무덤'이 형성
되고 그것들은 다시 '영혼'과 '적막'으로 치환된 후 필경 '꽃
잎'을 펼치는 기억에 이른다. 여기서 주목해야 할 점은 낱
말들의 이음새다. 꼭짓점, 보조개, 무덤, 영혼, 적막, 꽃잎과
같은 낱말들의 연결고리를 만들어내고 있는 것은 낱말과
낱말 사이의 유연한 진술에 의해서다. 일차적인 낱말의 비
유를 심층적으로 이끄는 문장의 은유가 묘한 정서를 불러
일으키며 '꼭짓점'이 암시하는 의미 유추를 돕고 있다.

작품의 배경은 규방 공예에 '비'를 관념화하고 있는 모습
이다. '비'로 '꽃봉오리 바늘방석'을 짓는 게 아니라 방석 위
에 '비'의 의미를 수 놓고 있는 것이다. '비'는 바늘에 꿰인
'줄' 또는 '실'이고 '하늘'과 '땅'은 방석의 표면과 이면이란 비
유가 선명해진다. '꼭짓점'과 '보조개'는 '꽃봉오리' 문양을 뜨
는 과정을 형상화한 것이며 "솜에 콕 박혀 우는 영혼"과 연
계되는 '무덤' 또한 방석의 모양을 본 뜬 것이다. 곧, 생의 모
서리들을 당겨 꽃봉오리 방석을 짓는 작업에 명과 암, 생성
과 소멸이 교차하는 세상을 아련하게 덧입히고 있음이 드

러난다.

　대상을 빚는 낱말과 낱말의 비유와, 그것들이 그리는 이미지 속에 의도를 감추는 텍스트를 굳이 의미에 얽혀 고민할 필요는 없다. 정서가 의미를 두둔하여 느낌으로 먼저 다가오는 작품들도 많다. 관념을 감각의 세계로 옮기는 작업이란 관점에서 시는 '무엇을 말 하느냐'보다 '어떻게 말 하느냐'에 더 많은 관심을 두기도 한다. 대상과 대상 사이의 낯선 관계 속에서 새로움을 창조해내는 무의미적 텍스트도 있거니와, 그릇에 무엇이 담겨 있느냐는 물음에 앞서 그릇이라는 존재 그 자체가 의미일 수도 있으므로 미학적 근거를 앞서 탐색하는 시 읽기의 방법론도 무난할 터이다.

　　바닥에 닿는 비가
　　주먹을 쫙 펴는 동안

　　바위 위에 올린 작은 탑이
　　고요하게 그러나 아슬하게

　　설핏 고개를 들었을 때
　　썩은 나무에 핀 버섯들

　　돌탑 옆에 혓바닥처럼
　　죽은 나무 안에 방언을 쌓고 있다

-『한집에 산다』부분

매미가 공중을 0.4밀리 간격으로 바느질한다

맴. 맴. 맴. 매에 엠 실을 쭈욱 잡아당기면
수만 송이 작약이 매미 목구멍에서 오므라졌다가
공중에서 한 땀씩 피어난다

-『울음은 색실누빔으로 작약을 키운다』부분

비 그치고

새 소리는 실 한 줄
꽃잎이 열리는 소리는 실 네 줄

이쪽에서 저쪽으로
소리 매듭을 만들며 날아간다

바람이 솔잎 살갗으로 건너올 때
나는 몇 줄로 이 세상에 수를 놓고 있나

-『엎드림』부분

감각적 언어는 대상을 구체화하고 미적 형상을 그려낸
다. 대상에서 받는 인상을 실제로 체험하는 것처럼 생생하게 재현하여 시인의 주관적 사유와 정서를 환기시킴으로써 독자의 내면 의식을 자극하는 요소이다. 상상력과 체험의 결합으로 대상 속에 숨겨져 있는 그 '무엇'을 감지해내거나 보이지 않는 관념들을 구체적 형상을 통해 암시할 때 언어의 감각은 새로운 이미지를 창출시킨다. 창의적인 발상과 함께 흔히 '참신하다' 말할 때의 그것은 주로 생소하고 예리한 언어의 감각을 지시하는 것이며 그것이 빚는 이미지는 독창적 개성을 수렴한다.

지연 시인의 시어들은 매우 섬세하고 미려하다. 보통 시인은 자신의 의도를 전달하기 위해 언어를 탐색하고 그것의 재현방식에 고민하는 과정에서 무리하게 가공된 언어, 억지스러운 이미지를 표출하곤 하는데 지연 시인의 그것은 자연스럽고 생생한 느낌을 준다. 아주 낯설지는 않더라도 청량하게 다가오는 감각은 낱말의 조탁이나 수려한 수사에서 오는 것이 아니라 절묘한 언어의 배치로부터 오고 있다.

빗방울이 번지는 모양에서 "주먹을 쫙 펴는" 형상을 포착하기란 상당한 내력이 요구되지만 이 작품의 매력은 다음 연, "고요하게 그러나 아슬하게"에 있다. 비의 역동성 가운데 놓인 작은 돌탑을 간단하게 드로잉 하는 장면은 명료하면서도 내밀한 묘사가 아닐 수 없다. '그러나'의 역할 때문이다. 생략하거나 여타의 수사가 끼어들기 좋을 자리에 놓인 '그러나'는 '고요'와 '아슬함'을 동시에 아울러 부추기는 역설적 효과를 내고 있다. 또한 순간의 긴장감을 고조시켜 앞연 빗방울의 역동성을 반추하는 역할을 하기도 한다. 그러므로 '고요하고 아슬하게'가 아닌 "고요하게 그러나 아슬하게"가 된다.

수를 놓듯 매미 울음을 묘사하는 작품은 이미지의 치환을 통해 또 다른 이미지를 창출하는 상상력을 보여준다. 청각을 바늘땀으로 시각화하는 솜씨가 우선 고상하다. '실을 쭈욱 잡아당기'는 모습으로 울음소리를 뜨는 비유도 예사롭지 않지만 "수만 송이 작약이 매미 목구멍에서 오므라졌다가/ 공중에서 한 땀씩 피어난다"의 이미지는 아주 참신하고 섬세한 언어 감각이다. 여기서 매미 울음은 뜨겁고, 작약에 붉은 색채를 입히면 '뜨거움'과 '붉음'의 정서적 연상이 가능하다. 매미 울음을 작약으로 형상화한 알레고리를 통해 화자의 의도를 유추해나갈 수 있다. 이처럼 대상의 감각적 인상뿐 아니라 주제를 암시하는 추상적 관념까지 제시하는 것이 곧, 상징적 이미지의 표상이며 그와 같은 방법론에 치중하여 텍스트를 이끌어나가는 특징이 지연 시인의 정체이기도 하다.『엎드림』역시 '소리'를 공감각적으로 수 놓는다. "새 소리는 실 한 줄/ 꽃잎이 열리는 소리는 실 네 줄" 속에는 그친 비의 궤적과 '솔잎 살갗' 같은 바람이 공명하고 있다. 시각과 청각의 이미지를 화자의 심리로 내면화하는 과정이 유연하고 감성적인 데에는 구조적 배치에 정서적 질감을 함유한 언어를 얹고 있는 까닭이다. 시어들은 개념적 사고 외에 정서를 다스리는 역할도 병행해야 할 의무가 있

다 할 것이므로, 언어 감각을 문체화한 세계를 갖는다는 것
은 상당한 시적 성취임에 틀림없으며 각별한 주목을 요구
한다.

　석양이 마블링을 만들어요
물속에서 물고기는 어떻게 붉은 피를 간직할까요

물결을 밀면서 나아갈 때
비늘들은
건반이 되어 자신을 눌러요

물속에서 심장이 식지 않게

내가 만난 당신이
당신이 만난 내 얼굴이
어떤 비늘로 악수를 할지
어떤 거리를 지녀야 할지

몸에 붙은 비늘들은 거울 속에서 모자이크 해요
산다는 말 보다 살아 있다는 말이 어려워요
허리에 달았던 광대 북소리가 눈자위에서 반짝 울릴 때

어떤 비늘로 떨어뜨리나

어떤 비늘로 노래하게 하나

거울 안에 깊이 숨어버린 나를 꺼내면서
영원히 거울 안이라는 것

거울은 더 이상 아름다움을 질문하지 않고
나를 둘러싼 비늘이 바늘이 되기도 해요

허기는 어둠이 와도 눈을 감지 않아요

-『우로보로스』전문

대상은 자아(화자)의 지배를 받는다. '투사'든 '동화'든 자아와 대상의 융합으로 형성되는 의미 속에는 독자적인 자아가 존재한다. 대상을 의도에 접목시키는 자아의 완전한 형체를 '동일성 시론'의 개념으로 간주할 수 있다. 그러나 자아가 독자적으로 존재한다고 가정했을 때 의미 파악이 불분명해지는 경우 과연 어떻게 해명할 수 있을까. 이에 대한 하나의 방법론으로 대상을 오로지 자아가 지배하는 '자아의 것'으로만 추정하지 말고 대상의 본질과 배열을 검토해야 한다는 '주체 개념'의 시론을 제기할 수 있다. 대상들 간의 연관과 위치를 파악해야 의미론적 해명이 온전해진다는 것이다. 자아 중심으로 작품을 분석하면 '내가 알고 있는 이것'을 말하는 것에 국한되지만 주체 개념을 적용하면 '내가

(잘) 모르는 그것'까지 내용에 추가할 수 있는 광의적인 해석이 가능해진다.『우로보로스』는 그 단서이다.

'비늘'과 '거울'을 '주체 개념'으로 추적해보자. 상징적 이미지들을 거느리고 있는 이들은 보조관념이다. 전후 맥락을 통해 유추할 수 있는 원관념은 '비늘=외부 세계', '거울=내면 의식'이다. 대상의 본질을 이렇게 설정하면 다시 '물속'과 세상, '붉은 피'와 생의 관계가 파생하고 그로부터 현실과 정신적 괴리 사이에서 자의식을 앓는 화자가 드러난다. 비늘은 '물속' 같은 세상의 존재 방식이다. 생은 '붉은 피'가 식지 않게 스스로 누르면서 헤쳐나가야 하는 비늘을 달고 있으며 '비늘'은 생이 수용하는 비루한 '어떤' 것들을 일컫는다. 부조리와 위선, 배타적 이기심 따위가 얼버무려진 세태이자 어떻게든 살아가는 실존 그 자체의 것이기도 하다.

그리고 그 대척점엔 '거울'이 존재한다. 거울은 나르시시즘적 '자아'다. 그 속엔 지고한 심성과 이상, 순수한 이성을 추구하는 정신의 본질이 들어있다. 불온한 '비늘'들을 하나하나 불러들여 회의하는 자아를 생은 오히려 거울 속에 가두어버린다. 정신이 생을 간섭하고 제어하는 게 아니라 생에 의해 정신이 분열하는 양상이다. "거울 안에 깊이 숨어버린 나를 꺼내면서/ 영원히 거울 안이라는 것"이란 아이러니가 그것을 관통한다. 그리하여 나와 나 사이, 나와 타자 사이의 불화가 '산다'에 해당하고 "더 이상 아름다움을 질문"하지 않더라도 광대 노릇 같은 생을 괴롭히는 일말의 정신은 '살아 있다'에 해당한다. '비늘' 속에 묻혀 버렸지만 종종 '바늘'이 되어 왜곡된 생을 따끔거리게 하는 정신 때문에 '살아 있다'는 말이 더 힘든 것이다.

그리고 나서 짚어야 할 대상은 '마블링'과 '허기'와 시제 『우로보로스』이다. 마블링'은 '비늘'과 '거울'이 뒤섞인 세상의 표상이며 그런 세상을 극복하려는 정신적 의지가 '허기'로 읽힌다는 점에서 시제를 의식하지 않더라도 해명이 가능해 보인다. 하지만 각주를 달 만큼 외람된 시제를 빌어온 의문은 여전히 숙제로 남아, 사전적 의미를 빌리자면 '우로보로스'는 뱀이 제 꼬리를 삼키는 형상을 말한다. 주로 원의 형체를 띠는 그것은 시작이 곧 끝이라는 의미, 소멸되시 않고 끊임없이 순환하는 영원성의 상징으로 인식된다. 또한 심리학에서는 인간의 심성을 나타내는 상징으로 여겨졌다 하니 여기서 시제의 정체가 선명해진다. 끝없이 '마블링'을 만들 수밖에 없는 생의 원형적 상징이 '우로보로스'인 것이다.

지연 시인이 앓는 자의식들의 표면은 아름답다. 문체의 결과 심미적인 이미지, 언어의 안배에서 우러나는 정서가 한 폭의 담채화처럼 그것을 그려낸다. 바탕과 채색 사이에서 의미의 복선을 지시하는 화자의 내면은 그러나, 더러 아프고 조금은 허무하다. 곳곳에 박힌 생의 파편들 때문이다. 오랫동안 육화되어 '칠성무당벌레'의 무늬가 되어버린 그것들은 쉽사리 빼낼 수도 없지만 빼내려 들지도 않는다. 기억 속에 묻어 두고 따뜻하게 어루만질 수 있는 한때의 소모품들이 아니라 여전히 오늘을 미행하는 생의 스토커인 까닭이다. 달아나거나 대들지 않고 그저 묵묵히 견디는 화자의 실존적 태도는 감정이 절제된 담담하면서도 소슬한 페이소스를 작품 속에 거느린다.

슬픔으로부터 나를 털어줄래
앞산으로 넘어간 메아리를 불러줄래

껍질 안에 등을 포개고 있는 메아리들
날마다 탈출하고 싶어 했지 태양처럼

태양은 지도를 펼쳐
이 지구를 빠져나갈 비상구가 없을까
앞산에서 어둠을 잡아당기며 매일을 뽑지
태양을 티슈로 마구 뽑아서 버릴 사람

손들어 나의 마트료시카
차례대로 나와서
작은 것이 속에 쌓여가며 아픔이 커지니

울음을 밀대로 밀어서 칼로 자르고 싶어

하늘은 비를 내린다

내가 나를 덮는 거 당신이 나를 덮는 거
등이 등을 덮는 거 합쳐지는 거 뿌리내리는 거
차곡차곡 따뜻해서 속부터 썩는다

오래 웅크린 메아리는 휘어진다
슬픔의 부피로 우리는 비대해진다
검은머리번개깡충거미가 물방울을 흔들며 걸어가는 방
식으로

우리에겐 이해 없이 지금을 벗어날 공간이 필요해
내일은 어떻게 생겼을까 궁금하지 않으므로

마트료시카, 자고 나면 다른 계절이 와 있기를 바라
　　　　　－『콜레스테롤에는 양파즙이 좋다던데』전문

　지연 시인과 내통하는 몇몇 낱말들이 있다. 비, 구름, 죽
음, 당신, 메아리 등이 여러 작품에서 교차한다. 그중 빈도
가 비교적 높은 것은 비, 죽음, 당신이다. 개념보다 파생적
의미를 담보하여 모호성을 띠기도 하나 자칫 평면 구도로
흐를 수도 있는 텍스트를 구체화하기도 한다.
　비는 자연현상을 재현하는 정서적 장치로 사용된다. 의

미보다 바탕을 이루어 분위기를 환기하는 역할을 자주 맡는다. '절름발이처럼(내리는)'이나 '날아가지 못하는 것들(쏟아지는)'의 간접 비유로 인용되곤 하지만『꼭짓점의 기억』처럼 의미의 관념화를 돕는 비에 더 애착한다. 또는 위 작품 "울음을 밀대로 밀어서 칼로 자르고 싶어/ 하늘은 비를 내린다"에서 보여지듯 맥락 사이에 끼어들어 고조된 감정의 통제를 돕기도 한다. 죽음의 의미는 "수명을 다한 노란 머리 방아깨비가 새끼를 등에 업고 숨어 있네요 진딧물이 가득한 꽃잎 아래"『방아깨비 수업』란 구절에 잘 나타나 있다. '진딧물이 가득한 꽃잎'을 현상이라 할 때 '수명을 다한 노란 머리 방아깨비'는 의식에 해당한다. 즉, 생명의 소멸보다 생명성을 잃은 채 존재하는 것들을 이르는 역설적 의미가 강하다. 생의 고착된 방편들과 타자화된 모습들을 아우르는 죽음, 또는 '무덤'은 때로 자폐적 성격을 띠기도 한다.

'당신'이란 호칭의 범위는 좀 더 넓다. "때론, 움푹 보고 싶은" 연민의 대상에서부터 "나는 당신이 모르는 액자/ 당신은 나를 모르는 그림"『때때로 영원한』처럼 타자화된 우리들, 상대성을 띠지 않는 막연한 대상들까지 '당신'으로 호명되어 작품 속을 운신하고 있다. 그 외 몇 차례 등장하는 '메아리'가 주목된다.

'메아리'를 양파로 형상화한 이 작품은 슬픔을 털어내기 위해 "앞산으로 넘어간 메아리"를 불러내는 의지적인 태도를 취하는 1연에 방점을 둔다. 나머지 부분들은 이미 앞산으로 넘어갔거나 혹은 '넘어가지 못한 메아리'의 정체 추적에 몰입하고 있다. '메아리'가 내 안에 억압된 '자아'로 밝혀지는 것은 그다지 어렵지 않다. 그보다 과정에서 빚어지는 다양한 이미지와 상상력의 탐구에서 작품의 묘미를 찾을 수 있다. 양파처럼 "등을 포개고 있는 메아리"에서 티슈처럼 마구 뽑아서 버리고 싶은 '태양'으로, 거기서 다시 하나의 인형 속에 작은 인형들이 겹겹이 들어있는 '마트료시카'의 이미지를 연상하는 상상력은 참으로 절묘하다. "울음을 밀대로 밀어서 칼로 자르고 싶어", "검은머리번개깡충거미가 물방울을 흔들며 걸어가는 방식으로" 등의 감각 또한 매우 생생하고 섬세하다 할 것이다.

그러나 외부의 세계로 나아갈 수 있는 비상구조차 없이 오래 웅크려 휘어지거나 "차곡차곡 따뜻해서 속부터 썩는" '메아리'의 공간은 이미 없다. 매일 되풀이되는 상실감만이 막연하게 '다른 계절'을 꿈꿀 뿐이다. 그리하여 비대해진 슬픔의 '콜레스테롤'은 그 생이 우려내는 '양파즙' 곧, 또 다른 슬픔으로 치유해야 하는 아이러니를 암시하고 있다.

이처럼 "한걸음 뒤에 그대로 버려지는『운곡 람사르 습지로 가는 길』희망이거나 전생이 남긴 "나비 지문『나비를 날려 보내면 손이 날아갈까요』같은 생일지라도 때때로 '이십오 그램으로 지구 한 바퀴를 도는 북방사막딱새'와 '팔월에 설원을 꿈꾸는 낙타의 영혼'에 공명하려면 적어도 한 권의 시를 꿰뚫어야 한다. 소중한 것들을 잃고 살아가는 '자아가 우리의 생인 까닭이다.

시인의 말

어둠 속에 흰 새가 날 때
저것을 애타는 입술이라 할까
다행이다
살기 위해 고요를 지웠으니

2022년 봄
지연

실천문학 시인선 052
내일은 어떻게 생겼을까

2022년 4월 15일 1판 1쇄 인쇄
2022년 4월 15일 1판 1쇄 펴냄

지은이   지연
펴낸이   윤한룡
편집   박은영
디자인   윤려하
관리·영업   이소연

펴낸곳   (주)실천문학
등록   10-1221호(1995.10.26)
주소   남양주시 퇴계원읍 퇴계원로 52 405호
전화   02-322-2161~3
팩스   02-322-2166
홈페이지   www.silcheon.com

ⓒ 지연, 2022

ISBN 978-89-392-3102-3 03810

이 도서는 2020년도 한국문화예술위원회 아르코문학창작기금지원사업에
선정되어 발간되었습니다.